KB263698

풀과 꽃과 나무와
그리고, 숨소리

소금북 시인선 · 3

풀과 꽃과 나무와
그리고, 숨소리

임동윤 시집

시와소금

- 경북 울진에서 태어나 강원 춘천에서 성장했으며, 1968년 강원일보 신춘문예에 시로 등단한 후, 1992년 문화일보와 경인일보에 시조로, 1996년 한국일보에 시로 당선하였다.

- 시집으로 〈연어의 말〉 〈나무 아래서〉 〈함박나무 가지에 걸린 봄날〉 〈아가리〉 〈따뜻한 바깥〉 〈편자의 시간〉 〈사람이 그리운 날〉 〈고요한 나무 밑〉 〈숨은 바다 찾기〉 〈저 바다가 속을 내어줄 때〉 등이 있다.

- 한국문화예술위원회, 경기문화재단, 강원문화재단, 춘천시문화재단 등 전문예술창작지원금을 8회 지원받았다.

- 수주문학상, 김만중문학상 등을 수상했으며 한국작가회의 회원이자 표현시 동인으로 활동하고 있다.

중심에서 밀려나
변두리로 내몰린 풀꽃처럼
흔들리면서도 꺾이지 않는,
그런 삶이 소중해진다.

바깥에 사는 것들이 많아져서,
그래서 서로 눈 감아도 주겠다고
늘 다잡아주는 사람들….

여전히 내 안에서 바람이 분다.
그래, 아직은 살만하다.

물의 도시, 춘천에서
임동윤

| 차례 |

| 시인의 말 |

제1부 접경지의 노래

제 **1** 부

접경지의 노래

서시序詩
— 접경지 · 1

이곳에서 풀들은 자유를 만끽한다
누구의 간섭도 없이 풀은 풀끼리
서로의 가슴을, 서로의 길을 내어준다

초지에는 앉은뱅이, 들마, 패랭이, 앵초,
쇠비름, 처녀치마, 홀아비꽃대…
하늘을 끌어다 덮고 잠드는 저것들
며느리배꼽, 비짜루국화, 새삼, 여우주머니…

서로의 길이 가려질까 봐
기웃기웃 바람에도 선뜻 몸을 열어준다
민 풀밭 이득하게 다시 길 열어주는

저것들,
한 치 어긋남도 없는
스스럼없는 저들의 길
이곳에선 모두가 주인이다

얼레지꽃

― 접경지 · 2

우정사업본부 발행 DMZ기념 우표에
부서진 녹슨 철모 사이를 비집고
자줏빛 얼레지가 피어난 것을 본 적 있다

둘러보면 사방이 지뢰 위험지역인데
얼레지는 아무렇지도 않은 듯
녹슨 철모 사이를 비집고 피어나 있다

화려한 옷차림도 향기도 없이
그냥 벌 나비를 불러모을 수 없는 꽃
그래서 아랫도리를 열고
철모 주변의 개미들을 불러모았을 것이다

그런 다음, 씨방에 얼라이오좀을 묻혀
땅바닥에 떨어뜨렸을 것이다, 그 씨앗들을
개미들이 겨울 집으로 운반해가고
당분 덩어리인 얼라이오좀을 떼어먹고
개미굴에 그냥 뱉어 버린다

그래 봄이면 개미굴에서
뾰족뾰족 솟구치는 꽃들,
그리하여 꽃밭은 만들어지는 것이다

진달래꽃
— 접경지 · 3

어머니 나물 캐다 허리 굽은 산자락에
속절없이 흘린 눈물이 고여 잉걸불이 된 꽃아,

너는 아느냐,
풀잎마다 오래 화약 냄새 떠돌던 하늘을
종다리 울음 자지러지던 긴긴 보릿고개 땡볕을

이제 모두 떠나 빈집만 남고
무너진 흙벽 빗물 어룽지는 달그림자
앵두나무 한 그루 흐리게 박히고

아버지 홀로 일구던 텃밭 묵정밭으로 남아돌면
진홍빛 그리움 게우다 게우다

끝내 산자락 태우는
오오, 서러운 잉걸불 혼아

열목어
─접경지 · 4

두타연 계곡*입니다
자갈 구르는 소리 유난히 투명합니다

누가 이 험난한 계곡으로
그를 오르게 한 걸까요?

오직, 물길 따라 올라가는 길
계곡은 온통 연둣빛 곱게 물들고 있네요

등 밝힌 물길 온통 환한데
유속이 느린 여울 바닥을 후벼 파고

시진 몸 눕히는 일이 가장 성스러운 것을
지느러미 다 찢긴 물든 후에야 알았습니다

가파른 숨결이 계곡을 덥히고
그 숨결을 계곡이 받아내고 있었습니다

* 두타연 계곡 : 민간인 출입통제선 북방인 방산면 건솔리 수입천의 지류. 유수량은 많지 않으나,
주위의 산세가 수려한 경관을 이루며, 오염되지 않아 천연기념물인 열목어의 국내 최대
서식지로 알려져 있다.

민들레꽃
― 접경지·5

남방한계선의 너에게 묻는다
너에게도 남과 북이 따로 있는가

새에게도, 구름에게도 없는
물고기에게도, 저 강물에게도 없는

이 접경지역에 핀 너에겐
남과 북이 따로 없을 것 같아서
묻고 또 묻는다

노루 사슴 저리 뛰놀고
멧돼지와 곰에게도 남북은 따로 없는데
겉 다르고 속 다른 수박 같은
까면 깔수록 속 드러내지 않는
그런 양파 같은 이념은 어디 있는가

나는 묻고 또 묻는다

태어나면서 종신형을 사는
너의 영토, 해마다 봄이면 북으로
북으로 씨앗들을 날려 보내는

남방한계선의
민들레야, 토종 민들레야

도꼬마리
― 접경지 · 6

나는 지금 후회하고 있다
도시 텃밭에서 열매 맺던 가을이
어쩌면 가장 푸르렀던 시절이었음을…

그때 마주쳤던 누이가,
그때 만났던 이웃이,
가장 푸르렀던 시절이었음을…

더 기다리면 더
좋은 날이 올 것이라 기대했는데
더욱 햇살에 몸 말리면
갈고리 더 구부러질 것인데
눈 부라리고 귀 기울이며
종일 바람에 흔들려보는 것인데

외톨이처럼
망망대해 표류하는 나뭇잎처럼
오직 마냥 기다려야 하는가,

이 한낮에도
고개 갸웃갸웃 속을 태우지만

온다던 사람 오지 못하는
텅텅 빈 이 벌판
내 몸에 매다는 갈고리는 쓸모없는 것을
아무도 없는 이곳은,
오로지 천형의 땅

꽃봉오리 하나
잠시라도 눈여겨보지 못하는,

쇠뜨기풀
— 접경지 · 7

사람 손 닿지 않는 접경지대에 있다고
나를 얕보지 말라, 씨앗이 없어서
종자식물과 다른 포자로 나는 우뚝 서 있다

바람에 쓰러지는 풀이 되지 않기 위하여
줄기 끝에 바람을 견디는 포자낭을 매달고 산다

거북등 같은 몸이 전후좌우 신축 운동을 하면
마침내 포자 주머니를 터트려
사람의 손이 닿지 않는 저 먼 곳까지
바람을 따라 아주 가볍게 탄사를 날려 보낸다

풀이 하는 일은 하지 않으려고
포자가 되었다, 포자가 되니까
바람은 바람대로, 구름은 구름대로
또 햇살은 햇살대로, 공기는 공기대로
내 포자 속으로 들어와 날개가 되어 주었다

이 한낮,
사람으로는 갈 수 없는
아득한 북녘까지 포자를 날려 보낸다

억새
— 접경지 · 8

너에게는
지울 수 없는 슬픔이 있다

손을 대면
시퍼렇게 날이 선 이파리

도무지 풀지 못할 내력이 있어
밤마다
달빛과 이슬을 먹고 사나 보다

너에게는 아무래도
지울 수 없는 사랑이 있는 것 같다

말해서는 안 될
어떤 내밀한 사연이 있어
이 밤
몸으로만 슬픔을 견디나 보다

소똥령*에서 만난 너는,

* 소똥령 : 강원 고성군 간성읍 장신리 소재.

무궁화
— 접경지 · 9

통일전망대로 가는 명파마을에서
초등학교 화단에 핀 무궁화를 본다
환삼덩굴이 앵두나무를 친친 감아올린 화단
익모초와 바랭이가 한창이다
그 풍경을 측은히 내려다보는 무궁화
잎겨드랑이마다 둥근 아침을 매달고 있다

환한 가지와 봉오리와 톱날잎
짙푸르다는 말이 뭉클, 가슴에서 솟구친다
오늘도 고요히 폐교를 지키는 무궁화들
아이들 돌아간 교실을 쓸쓸히 엿보기도 한다
이제 석 달 열흘, 화단 둘레는 흥청거릴 것이다
그러나 이젠 그림자 같은 교정
종일 바람만 찾아와 제 키를 늘려갈 뿐
연분홍 그리움을 뭉게뭉게 피워 올리며
늘 같은 모습으로 연분홍 꽃을 매다는 나무

모든 것이 무너졌다고 생각할 때도

마냥 제 자리를 지켜온 겨레 꽃, 무궁화
이 여름 환삼덩굴에 시달리면서도
가지마다 연분홍 기다림을 주렁주렁 매달고 산다
무언가 베겠다는 듯 톱니바퀴잎을 쳐들고
감추지 못하는 단심丹心을 시퍼렇게 달구고 있다

앵두꽃

― 접경지 · 10

앵두꽃 진다

화르르 집 허무는 꽃들
속 드러낸 우물만큼 고요가 깊다

모두 떠나 고요가 갇힌 뜰
다시 후르르 지는 꽃들
그리운 풍경이 하나씩 사라진다

스스로 몸 허무는 집들
누가 우물 같은 가슴이라 했나

먼 산 뻐꾸기울음 봄날을 물고가면
제풀에 화르르 지는 앵두꽃들

떠난 자의 숨결만 높다

달뿌리풀
— 접경지 · 11

두타연 계곡에서
흔들리면서 피어난다, 너는

잎보다 긴 줄기로 흔들흔들
달맞이하면서 흔들흔들

붉은 자주색 꽃으로 치장하는
한여름이면
계곡 물소리에 귀를 씻는다, 너는

붉은 수숫대 같은 몸 흔들흔들
바지런히 꽃을 매다는 밤이면
찬 이슬에 얼굴 씻고
달빛에 머리를 헹구는

비바람에 젖고 흔들리면서
오오, 마침내 너는 가을이 된다

* 두타연 : 민간인 출입통제선 북방 양구군 방산면 건솔리에 있는 수입천의 지류.

찔레꽃
―접경지·12

어느 둔덕 찔레 덩굴 아래
녹슨 철모 하나 소슬히 누워있다
그 머리를 흰 꽃들이 감싸고 있다

이디서 왔는시 도무지 묻지를 않는다
다만, 포연에 산화해간 넋을 껴안고 있다
구멍 뚫린 상처 더는 비 맞지 말라고
넝쿨손 요람 만들어 떠받치고 있다

가도 가도 보이지 않는 길 없는 이 길에서
이름 모를 철모 하나 껴안고
가시덤불 넝쿨손으로 벌판 휘감아보지만
어디 하나 맞잡아줄 손 깡그리 없다

나는, 누구의 길 밝히는 등불이 될까,
다투어 흰 꽃들은 말한다
마지막 남은 길, 이 벌판의 끝에서
서로 잊히지 않는 눈이 되고 싶다고,

별꽃
— 접경지 · 13

키 작다고
함부로 얕보지 마라
고개를 들면지천인 누린내, 달뿌리풀
처녀치마, 진득찰, 홀아비꽃대…
모두 다정한 이웃들이다
남북 넘나드는 새들과 함께
이 벌판의 평화로운 백성들이다서로 응시하는 저 눈초리
한결 넉넉하게 하는 토종들이다

화려하지만 가시가 있는
그런 꽃들과는 다른
이 거친 산야를 조원으로 가꾸는

아아, 우린 토종들이다

돌나물

— 접경지 · 14

접경지역 너럭바위를
작은 발들이 옹크리고 있다
그러다가,
조막손으로 기어가고 있다

태양이 빛을 뿜을수록
제 몸 허옇게 태우고 또 태우는
눈곱보다 작게 피워 올리는 세상

작은 발들이
따뜻게 엮어가는 작디작은 세상
이 땅 또렷이 불 켜고 간다

비로과남풀
— 접경지 · 15

대암산 용늪에서 보았다
아무도 발 닿을 수 없는 자리에서
바람이 키우는 적자색 꽃

꽃부리 조그마한 통을 열며
이슬 머금고
하늘 우러러 피어나는 꽃은
마치 바람이 키우듯 한들거린다

이제 대암산 바람은 자줏빛이다
그래서 자줏빛 향기는
바람의 향기인 것을
이곳 대암산 용늪에서 처음 알았다

* 대암산 : 강원 양구군 동면과 인제군 서화면에 걸쳐져 있는 산.

제 **2** 부

동물 詩篇

두견이

누가 아느냐,
서러워 홀로 우는 목숨
불타는 가을 숲속은
목 놓아 울기에 참 좋아라

모든 것이 저마다의 빛깔과
저마다의 중량을 지니고
순금으로 들끓는 가을
내가 가진 어느 것 하나
제 빛깔로 익고 제 무게에 겨울 것 없다

풀길 없는 매듭의 아픈 강물도
이젠 너무 깊어서 화석이 되고
살아서 못다 한 한을
그중에서도 가장 모질디모진 놈으로
가슴 한끝에 심고
서러워 내 홀로 우는 목숨인 것을

고라니

숨을 곳 없는 대낮이다
연이틀 눈보라는 정강이를 덮고
이제 굶주림보다 그리운 것은 없다

벼랑에 발이 걸리면서도
가슴이 그루터기에 찔리면서도
나는 등성이와 계곡을 가로질러
마을로 내려간다
가까스로 불빛 찾아 흘러간다

탕 타앙,
총소리에 납작해지지만
오직 일용할 양식을 찾아 헤맨다
오늘은 산목숨이지만
내일은 기약은 없다
내가 찾는 곳간은 벌써 눈보라에 저물었다

잠들지 마라,

밤새도록 내가 찾아 헤매는 곳은
숨을 곳 하나 없는 벌판인데
허벅지 푹푹 빠지는 눈밭인데

어둠이 별빛을 잡아먹더라도
쟁반같이 둥글게 눈을 뜨렴
마을의 불빛이 아득히 보일 때까지

연어

물풀 하늘거리는 옛집에 가 닿는다
자갈 구르는 소리 하나 낯설지 않다

강을 거슬러 오르는 열망이
저 난바다를 건너게 한 걸까,

물길 따라 거슬러 올라가는 길
강은 온통 단풍 곱게 물들고 있다
붉은 등 밝힌 길은 온통 환한데

자갈밭 후벼 파고
지친 몸 눕히는 일이
가장 성스러운 일임을 나는 알겠다
살과 지느러미 떨어뜨린 후에야
나는 알겠다

가파른 숨결이 강바닥을 덥히고
강물이 온통 내 숨결을 받아내고 있다

밴댕이

썩어야 맛을 내는 작디작은 고기
속이 작아 창자 하나 버릴 것 없는,
통째로 삭힌 젓갈로 점심을 들다가
나는 생각하고, 또 생각했다

우리 가슴은 바다만 할까, 우주만 할까?

어쩌면 저 고기보다
속이 더 좁을지 몰라
그날 나는,
차마 젓갈에 손이 가지 못했다

부엉이

뒷산 가문비나무 숲에서 부엉이가 울었다
지붕 끝에 저녁이 내리고
내 작은 창으로 달빛이 밤이슬로 축축이 젖을 때까지
부엉 부우엉 부엉이가 울었다

울어도 울어도
잦아들 것 같지 않을 울음을 밤새 울었다
마치 후살이 간 누이처럼
그 기막힌 설움을 혼자 지닌 것처럼
부엉이의 울음은
삼천궁녀의 눈물만큼이나 깊고 깊었다

지지리도 가난했던 애비 어미가
후살이 간 누이 그리다 몸져눕던
단칸방의 그 작디작은 창으로
여름 소나기가 맵차게 쏟아 붓고 가던
그 울음소리는 지금도 살아서

빌딩 숲 어느 모퉁이 숨어 있다가
귀가의 허기져 돌아오는 밤이면
어찌나 내 가슴에
여름 소나기로 쏟아붓는 것인지……

두더지

캄캄한 땅은 사내의 집이다

사철 지하에서 삶을 영위하는 사내
지팡이 하나에 의지해
오늘은 플라스틱 바구니를 들고
고래 뱃속 같은 지하철 사이를 오가고 있다
새까만 안경으로 퇴화된 눈을 감추고
소형 트랜지스터라디오를 목에 걸고
흘러나오는 불안정한 음색처럼 뒤뚱거린다

이따금 떨어지는 동전 몇 닢을 향해
고맙습니다, 속으로만 달싹이는 입술이
이젠 되감기의 녹음테이프를 닮아간다
염색공장의 일용직 노동자였던 사내
잘못 들여다본 화학 염료에 눈은 멀고
변변한 보상금도 받지 못한 채
끝내 지하 단칸방으로 내몰렸다

땅 위, 두 발 디딜 곳을 찾지 못해
오늘도 굼벵이처럼 지하터널에 굴을 판다
손끝으로 더듬어 보는 동전 같은 삶
스치는 바람으로 계절을 감지하는,
오늘도 지팡이 하나로 땅을 판다

그의 집은 언제나 캄캄하다

갈치

바람이 파도를 몰고 오듯
달빛이 가슴 깊은 곳을 흔들고 갔다
양푼같이 뜨는 달
반짝반짝 은비늘로 뒤덮이는 바다
바다를 키운 것은 물고기 비늘
다랑어 울음소리 자욱한 수평선 너머
바람의 물비린내 정수리에 묻어오는,
잡힐 듯 잡히지 않는
그물코 찢어질 듯 갑판으로 쏟아지는
은비늘 갈치들의 울음소리가 있다
하늘은 수평선을 낳고
수평선은 하늘을 떠받들고 있어
하늘과 바다는 늘 한 몸이다
풍랑이 없는 조업은
이 바다 어느 수평선에도 없다
다만 둥근달이
그리운 얼굴들로 떠 있을 뿐,

오목눈이

나는 운다
저 조팝나무 가지 끝에서
봄을 앓는다

몸 하나 누일 지상의 방
그 한 칸을 위하여
눈보라에 아득히 떠돌던 시절
그 더러운 복락을 맘껏 앓는다

젖은 깃털은 빨고 말리면서
푸른 바람과 햇살에 발가벗긴다
삭은 흔들림에도 요동치는
저 조팝나무 가지 끝,

하얗게 아침을 매달아본다
찌르르 찌르르 울음 울면서

낙타

나는 한 마리 불면의 낙타다
거친 밤의 모래언덕을 터덜터덜 가야만 한다

내 안에 두려움을 혹처럼 키운 나는
눈을 크게 뜨고 모가지를 길게 빼들고
지금, 컴퓨터 앞에 앉아 있다
캄캄한 모니터 화면의 커서가 연신 깜빡거린다
빨리 써, 빨리 써, 빨리!
길고 하얀 채찍을 사정없이 휘두른다

백지 한가운데, 차가운 바람의 광장에
눈멀게 서 있는 내가 보인다
겨우 버티는 몸을 모래가 사정없이 훑고 간다
눈을 비벼도 찾는 풀밭은 보이지 않고
호랑가시나무 날카로운 잎들만 무성하다
그 잎에 돋친 가시를 씹으며 오아시스를 찾는다

이 밤, 자꾸 목이 타들어간다

잔모래가 눈을 파고들지만
몇 번의 깜빡거림으로 허리를 꼿꼿이 펴본다
밤새도록 모니터가 나를 휘쓸고 간다
단 한 마디의 푸른 말을 찾아 헤매는,
나는 이 밤 한 마리의 굶주린 낙타다

병아리

뜨거운 숨결을 모아
나는 단단한 세상의 껍질을 두드렸다
다리에 힘을 주며 날갯짓도 해보았다

개나리 꽃잎을 불고
우물물도 한 모금 마셔보았다
하늘 올려다보는 꿈도 꾸었다

아직 꽃밭에는 아무도 들지 못했으므로
나의 몸짓, 나의 자유를 속박할 순 없다
작고 보드라운 핏줄이 배꼽에 와 닿아있고

마침내 나는
껍질을 부수고 바깥으로 나온다
그때부터, 내 몸엔 굵은 못이 박히고

어느새 나는
칼 한 자루를 손에 쥐고 있었다

꺽지

이제 그는 순장 당할 것이다
바위에 붙은 자식들이 부화하기까지
이 며칠,
끼니도 그른 채 자식들만 지키고 있다

자식들이 온전히 눈 뜰 수 있게
산란 이후, 한순간도 자리를 비우지 못한 꺽지*
크고 둥근 눈두덩이 그렁그렁 젖어있다

너무 많이 부채질한 지느러미
찢기고 긁혀 군데군데 피가 맺혀있다
마지막 힘으로 아가미뚜껑을 움직여보지만
움직임은 작아 물 흐름조차 흩뜨려놓지 못한다

오오, 한 그루 큰 느티나무같이
이제 기척 없이 바닥에 쓰러져 누울 몸
그런데도 바위 밑에서 부채질만 해대고 있다

---

* 꺽지 : 꺽지과의 민물고기. 몸길이 20cm 정도로 모양은 옆으로 납작하며, 옅은 녹갈색 바탕에
7~8개의 검은 가로무늬가 있다

오징어

줄줄이 코가 꿰어 내걸려있다
만국기처럼 꼬장꼬장 내걸려있다

몸속의 물기란 물기는 죄다 말리는
이 경련의 세월,

수없이 얼고 녹는 겨울 끝에서
좀처럼 몸은 마르지 않고
다만 먼 바다의 내력을 짚어보지만
마른 몸으로 일어설 봄은 여전히 멀다

대운동장보다 넓고 단단하게
몸 말리는 이 겨울,
여전히 시렁에 몸 묶여있어야 한다

야크

물소리를 거느리고 건너가는 벼랑길

불안이 불안을 불러내는

절벽 끝은 발 헛디디면 천 길 낭떠러지

흔들리는 허공이 외줄을 타면

차라리 눈 감고 걸어야 편하다

한 폭의 수채화를 펼쳐놓는 물안개

어디쯤 와 있나, 말방울 소리가 벼랑을 달구고

절벽에 붙은 풀들이 바람 소리로 운다

삶과 죽음이 동행하는 바방*의 길

그 경계는 이미 지워진 시 오래다

문득, 눈 붉히고 사는 일이 부끄러워졌다

한 삶이 허공을 잡고 건너가는,

모두 서둘러 무게를 버리고 있다

* 마방 : 옛날 말이나 야크에다 짐을 싣고 운반하는 일을 업으로 하던 사람.

개구리

나는 요즘 제대로 울지 못한다
입 말라붙고 눈마저 멀어서다
바람 소소히 불고 물풀 하느작이는
저녁 들판을 빼앗겨서다

지붕 끝에 별이 내리면
두견이 소리
서로 화답하며 살았던 시절은 가고

차가운 시멘트 바닥
물 마른 논두렁에 머리를 처박고
이름 모를 약냄새 속에 이승 저승을 넘나드는
어지러운 신세가 서럽고 서러워

날마다 벌판 허물고 가는
불도저의 금속음에 눌린 불임의 세월
오오, 허기져 어지러운 밤이면
앙상한 뼈의 울음을 울어야만 했다

굴뚝새

꽁지 짧은 새 한 마리
황망히 굴뚝 언저리로 숨는다
구들을 데운 숨결은 아직 따뜻하다
침엽의 가지를 무너뜨리며 폭설은 쏟아진다

모든 것의 허리가 꺾으며
세상은 눈보라를 몰고 왔고
나는 흔들렸고
처마 밑을 파고드는 새가 되었다
아무것도 이룬 것 없이
구름의 문양은 수도 없이 바뀌어갔다

눈보라의 밤이 지나면
아침은 먼 곳의 창을 두드리리라
저 침엽의 잔가지에 얹힌 눈발도
흰 이를 드러나고 조금은 반짝일 것이다
그 아침을 기억하며 이 밤을 보낸다

제 3 부

풀꽃 詩篇

눈색이꽃

눈밭에
노란 연꽃이 피고 있다

영원히 행복하라, 는 꽃말처럼
밤새 눈보라가 몰아쳤는데도
이 아침,
언 땅을 비집고 올라온 꽃, 꽃들…

저 작은 줄기가 아침을 데우고 있다
꽃잎마다 소복이 쌓인 눈
마치 복 받으며 오래 사시라는 듯
꽃망울을 활짝 터뜨리고 있다

작지만 옹골찬
잎보다 먼저 피는 상사화 같은,
줄기 하나에
다만, 꽃 하나 오로지

도깨비바늘

노란 꽃자리마다
가시가 숨겨져 있다

아름다움 뒤에는
늘 경계해야 할 가시
열매 끝자리에 마련한 신의 까끄라기다

더 멀리
열매를 날려 보내고 싶은 마음
나는 오늘도 너에게 자식들을 맡긴다

수십 개 바늘을 고라니 몸에 꽂는다
부디 먼 곳으로 가서
잘 살아라, 기도하면서
알게 모르게 침을 꽂는 나날처럼

이웃에 기대어 내가 살아가듯이
너 또한 나를 찌르려 하는 때

꽃은 핀다,
또 다른 위치에서 아름답게

가시가 묻힌 땅에서 노랗게
비옥한 땅의 깊이와 넓이만큼 노랗게
봄이면 어김없이 피어나는 꽃

가시가 열매로 변하는,
비로소 참고 기다려온 자리
숨겨둔 꽃자리가 시큰대고 있다

진득찰

이 마을까지 따라온 이유를
나는 알지 못한다

강과 벌판을 휩쓸고 다닌
이유 하나로 바짓가랑이마다
아교처럼 달라붙은 그대,
그 집념을 사랑이라 불러야 할까?

강 건너고 버스 타고
지하철을 몇 번 갈아탔는데도
우리집 거실까지 따라온 까닭을
나는 알지 못한다

꽃이 진 그리움으로
한 번 잡으면 결코 떨어질 줄 모르는
너에게, 무단침입을 일삼는 너에게

언제 이별해본 적이 있는가,

묻는다

언제 눈물을 흘린 적이 있는가,
묻는다

오랑캐꽃

강남 제비 돌아올 때쯤
피었으면 좋겠다
우리 사랑도
그때쯤 피었으면 좋겠다

보랏빛 혹은 자색으로
뜨거워졌으면 좋겠다
우리 모두 곁눈질 없이
한쪽으로만 달려갔으면 좋겠다

언제나 새로운 아침과
둥근 저녁을 맞이하면 좋겠다
그리하여
마침내 곱게 낙화하면 좋겠다

너무 작아서
오히려 큰 풀꽃이었으면 좋겠다
우리 일방적 사랑이

더러는 구차할 수 있으니
바위틈에 한껏 몸 낮추었으면 좋겠다

아아, 너를 위해
얼마나 더 고개 숙여야 하나,
사방에서 탐욕의 바람은 불어오지만
허리가 짧아
풀숲에 몸 감추는 그 자태로

강남 제비 돌아올 때쯤
다시 피었으면 좋겠다

익모초

진초록 잎이 불타오르고 있다
하지가 가까이 왔나 보다

한여름 원기회복으로
한 사발 즙을 짜던 어머니,
옛집 둔덕에서 소슬히 자라고 있다

먼 산에서 멧비둘기 울고
달뿌리풀 사이 오직 바람을 타는 잎
아무도 없다
생쥐도 도둑고양이도 떠나고 없다

아득한 날, 이곳은 마을이었으리라
그러나 밥 짓는 연기조차 없는,
능소화의 대문과 만수위의 우물도 없는

세 가닥으로 갈라진 줄기 잎 사이
주민등록도 없이 무당거미만 살판이 났다

밤마다 내리는 별빛에 몸을 씻고
여름이면 쓰디쓴 즙을 짜던 어머니

이젠 바라보는 눈길 하나 없이
홍자색 그리움을 형형색색 매달고 있다

앵초꽃

더 멀리
바라보기 위하여
긴 목을 한껏 늘였습니다

당신을
바라보기 위해서입니다

멀리 있는 것들은
바라볼수록 아름답습니다
만날 수 없는 거리만큼 그립습니다

행여,
잎새에 가려 볼 수 없을까 봐
길게 목을 빼고 둘러봅니다

어쩌면 그리움이란
만날 수 없는 저 별 같은 것,

서로 닿을 수 없는 거리 같은 것

눈물 같은 미움 하나 두고
오늘도 더러운 그리움으로
화르르, 열병 앓기로만 합니다

개불알꽃

바람이 개불알풀을 간질인다

길거리에 아무렇게나 눈을 뜬
연둣빛 이파리가 가늘게 흔들린다

순간 눈 씻기던 것들이
바닥으로 굴러떨어진다, 덩달아
햇살도 떨어진다

모든 것이 한순간이다
여린 바람의 속삭임도 그에겐 버겁다

바닥은 아무렇지 않다는 듯
그의 몸을 받아준다 흔적 하나 없다

다시 바람이
개불알꽃 가장 깊은 곳을 간질인다

그는 자꾸 떨어진다
바라보는 나도 떨어진다

떨어지는 가녀린 눈짓 하나에
모든 것은 아직 순탄하다

송이꽃

내 기억의 소나무밭에서
보랏빛 송이꽃이 피고 있었다

작년에 떨어진 솔잎들이
송이꽃 사타구니를 가려주고 있었다

반쯤은 소나무가 키워낸,
갓이 잘 펴지지 않고 봉곳하게 가려진
마치 어른의 그것과도 같은 것들이
솔잎 봉곳하게 얼굴 내밀고 있었다

잊을 수 없는 고향 해마다 찾아오는
후살이 간 내 누이를 닮은
천 년 향이 적송림을 어루만지고 있었다

심 봤다,
속으로 내지르는 소리로
건너편 산에서 비둘기가 구구 울었다

추석을 며칠 앞둔 밤이었다
달의 테두리가 한결 둥글어져 있었다

안개꽃

안개 자욱이 피는 날에는
아직 소년이었으므로 행복하였습니다

그리운 집 저당 잡히고
캄캄한 달밤에는 홀로 울다가
사글세 아픈 세월 넘나들다가

인제는 검정 고무신
자꾸 짓밟혔던 민들레의 봄이여
끈질기게 일어서던 그대여

안개 자욱이 피는 날에는
그래도 소년이었으므로 행복하였습니다

기생여뀌

그대에게로 가는 바람이 된다면
한 사나흘 머물다가는 여자가 된다면
이 홍자색 빛깔을 어찌하랴,

마음은 온통 붉게 물드는 그리움
비바람 불어도 묵묵히 받아줄 뿐
찔레 덩굴 가시에 손과 발이 긁혀도
그대에게로 가는 마음 한 점 흔들림 없네

차라리 이 홍자색 알갱이
확, 터뜨려 버릴까?
그리움의 끝자락을 잡아당겨 버릴까,
훌·훌·훌…

스스로를 비워야
그대에게로 갈 수 있다면
어느 눈 맑은 아침, 물 한 방울까지 버려서
한 사나흘 머무는 바람이 된다면

참나물

해발 1,067m 팔부능선
아름드리 참나무숲에 뻐꾸기가 운다

그 힘으로 아랫도리 붉은
보랏빛 참나물이 다투어 돋아났다

어머니는 바람 소리 맑은 점심상을 펼쳐놓았다
참나물에 보리밥과 쌈장을 얹으면
아주 실한 요기가 되었다
종일 알싸한 향이 입안을 감돌았다

저녁을 위하여 참나물을 씻었다
알싸한 향이 개울에 자갈 구르는 듯했다
아껴둔 삼겹살에 참나물 보쌈으로 먹는
저녁은, 아버지 없이도 마냥 넉넉하였다

머리에 두른 흰 수건을 벗는
어머니의 헝클린 하루에서 알싸한 향이 났다

그런 밤에는
구름 속으로 유난히 총총 돋는 별들이
새벽까지 지붕 위로 뚝뚝 떨어져 내렸다

질경이

언제부터
바닥을 기어야 했을까

질경이, 질경이… 하고 되뇌면
마침내 윗니와 아랫니가 부딪혀
질기고 강인한 이름이 된다

밟히고 더러는 살갗이 찢겨도
밟아도 밟아도 허리 부러지지 않는
거칠고 마른 땅 가리지 않고 스스로 일가를 이루는

언제부터
기어야 했을까, 바닥을

인동초

줄기 끝에서 바람을 탄다
간당거리며 새들을 불러모은다

어느 순간 눈밭에 번지는 물감
한 폭의 붉은 물결을 펼쳐놓는다

너희는 어디쯤 있나,
바람에 여린 줄기가 휘청거린다

도무지 또렷한 얼굴이 없다
아직 흔들림만 불러내는 바람이여
세삼, 부르는 일이 가슴 저리다

누가 새들을 불러다오
내 흔들림으로 짧은 해 길어진다

들깨

탁탁 마른 줄기를 후려치면
쌈짓돈같이 숨어 있던 씨앗들이
멍석 위로 까맣게 쏟아진다

코피가 날 것 같아, 코피가
뙤약볕에 막 달구어진 씨앗들이
톡톡 허공으로 날갯짓을 한다

어머니 싸리나무 회초리에
까맣게 멍이 든,
저 잔모래 같은 어머니 자식들

담쟁이

끈끈이주걱 넝쿨손이
빗물에 패여 조금씩 금이 간
돌틈을 조물조물 보듬고 간다

벽의 중심에 뿌리를 내리고
터진 살갗에 기둥을 세우고
악어와 악어새처럼 살아가는 넝쿨손들

더러는 까진 손톱에 피가 맺히도록
기어오르는 벽을 끝끝내 잡고 놓지 못하는
저 어리석은, 저 더러운 그리움을 본다

천년 세월 먼지가 끼고
마침내 쩍쩍 갈라 터질 절망이라 해도
그래도 끈끈한 넝쿨손으로
서로의 상처와 허물을 감싸주는

저 벽과 손의 연대가 환하다

제**4**부

나무 詩篇

감나무

까치밥이 바람을 탄다
간당거리는 허공이
모든 눈짓을 불러내고 있다
하늘에 번지는 물결무늬
한 폭의 수채화를 펼쳐놓는다
붉다, 그대 어디쯤 있나
여린 가지가 바람을 탄다
나는 휘청거린다
도무지 또렷한 얼굴이 없다
낡은 그림자만 불러내는
이 허망함이여
문득, 모르고 사는 일에
가슴 저리다
누가 내 욕망을 잠재워다오
여전히 나는 아득하다

쥐똥나무

마른 손끝을 보면
작은 수런거림이 매달려 환하다

연둣빛 등을 매단 듯
솜털 잎새로 둘레가 환해지는데
눈곱만한 몸으로도 가볍게
해를 끌어당기는 저 나무들

깊은 지층의 속삭임을 가지 끝으로
몰고 가는 눈부신 파동
이제 비로소 신의 손길임을 알겠다

화들짝 놀란 가지 하나가
방금, 손끝에
올망졸망 연둣빛을 매달고 있다

라일락

너 앉았다 떠난 자리
아직 꽃 한 송이 피어나지 않는다

기다림의 소중함을 잊었는가, 벌써

개나리 목련도 가고
지금은 보랏빛 무성한 그늘 밑이다
마지막 남은 봄을 너 없이도 나는 보낸다

바람은 어제보다 거칠고
네가 이름 붙여준 나무들은 새순 하나 없다
이 고요를 한 겹씩 벗겨내면
연둣빛이 돌까, 잎이 돋을까

너 앉았다가 떠난 자리
아직 꽃 한 송이 피어나지 않는다
벌써 나는,
기다리는 일의 소중함을 잊었는가

팽나무

뒤뜰 나무가 아랫도리를 내놓고 있다
그곳으로 굼벵이들이 둥지 틀고 있다
사타구니는 썩고 퍼렇게 바람이 들고
날마다 눈먼 것들이 와서 똬리를 틀었다

연둣빛 잎과 튼실한 열매를 매달려고
너무 오래 바깥에 서 있었던 아랫도리
천둥과 마른번개의 시간을 견디려고
너무 오래 변두리에 서 있었던 아랫도리

당신 아랫도리가 썩고 있다고
보다 못해 굼벵이가 오늘 넌지시 일러준다
오래 녹스는 가마솥처럼
팽나무 아랫도리는 금이 가고 있었다

쇠죽 끓이고 떫은 생을 우려내느라
활활 타오르는 참나무 장작불에
너무 오래 아랫도리를 지진 게 탈이었다

평생 거름 내던 아버지도 그러하셨다
북망산 진달래공원에 바람으로 집을 지으신 지
13년이 지났어도 밤마다 별이 되어
현관문을 여시고 너 뭐 하냐, 하신다

아랫도리 퍼렇게 내놓고 너 뭐 하냐, 하신다

왕벚나무

왕벚나무들이 지상으로
자신의 맨발을 다투어 내밀고 있다
연분홍 바람이 후루루 내려와
마그마 같은 발등을 순식간에 덮어주고 있다

가지 끝은 하늘에 닿아있고
허공은 퍼렇다 못해 이젠 강물빛이다
그 환한 빛이 발등까지 내려와
물 그늘을 만든다, 울퉁불퉁한 맨발이
마침내 연분홍으로 물든다

남몰래 가려진 상처는 아랫도리에 움푹, 고여 있다
그러나 허리 밑 감각은 살아있지 않다
연분홍 물살이 아랫도리를 간질이면
맨발이 그 한끝을 덮고 스르르 눈을 감는다
떨어지는 연분홍을 받아먹으려고
사람들은 깔깔대며 바삐 지나간다

가지가 하늘에 닿아 꽃이 되고
가지가 바닥에 떨어져 침묵이 되는,
나무는 어둠 속의 제 마음을 가까스로 꺼내
지상에 울퉁불퉁 세계지도를 펼쳐놓는다
그러면서 연분홍 바람에 몸을 맡긴다

머리 위로 보름달이 저녁을 물고 오고
밤이 되자 다시 연분홍 바람은
발등마다 별빛을 쏴 쏴아 쏟아붓는다

산수유

초겨울 나무가 빨간 불을 켜고 있다
가까스로 켜 든 등불이 바람을 탄다
살과 피를 빨아 먹히고서도 모자라
더 많은 것을 주려고 나무는 이 겨울 동안
빌붙는 자식들을 빨갛게 껴안고 있다
간밤 눈보라에 그만 떠났으려니 했는데
이 아침 바라보니 여전히 그 자리 빌붙어 있다
빨간 등 켜고 건들건들 바람을 탄다
얼마나 많이 어미 등골을 빨아먹었는지
이 겨울 빨간 주홍색 선명하다
두꺼운 옷 한 벌 없이
신열의 두 팔로 꽉 껴안은 저 나무
철없는 자식들 껴안으려다
마침내 얼고 눈보라에 허리가 꺾여있다
봄이 되어야 자식들 모두
제 살길을 찾아 훌훌 떠나겠지만
지금은, 여전히 추운 겨울 자정
나무의 몸에 다시 눈보라가 친다

이제 아무것도 빨아먹을 게 없어지면
자식들 발길 끊고 나 몰라라 할 것이지만
나무는 제 가슴을 뿌리에 묻고
집의 한 쪽 모서리를 조금씩 무너뜨린다

그런 나무들이
이 아파트엔 여러 가구다
이 밤, 홀로 이마에 빨간 불 켜고 있다

미루나무

팔랑팔랑 흔들리는 것을 본다

저렇게 흔들리지 말아야 한다

파도가 출렁이는 것을 본다

저렇게 출렁이지 말아야 한다

그런데, 나는 또 흔들리고 말았다

흔들리지 않으려고 해도
출렁거리지 않으려고 해도

사방에서 바람은 불어오고
다만 흔들리지 말자, 되뇔 뿐이다

주목

대청봉에서 나무는 뼈가 잎이다
살아 천년 죽어서도 천년을 산다는 나무
눈보라 휩쓸고 가는 정상에서
나무는 손발 묶인 시간으로 정박해 있다

사라져간 푸른 잎과 말라 비틀린 둥치
바지랑대처럼 바람에 흔들리지만
하늘 달려가던 시절은 뼈로 남고
해발 1708미터
아득한 백두대간에 몸을 맡기고
벗겨진 정수리가 종일 수련을 한다

꼬장꼬장 남은 뼈,
몇 번인가 풍경을 지우는 눈보라
눈 감으려 해도
눈 감을 수 없는 정상에서
이제 나무는 뼈가 잎이다

느티나무

지난여름 태풍에 자식 하나 잃었다
눈 그늘만 깊어 여린 바람에도 으흐흐흐 몸을 떤다
썩어가는 몸뚱이는 콘크리트 덩어리로 중무장을 했지만
아랫도리는 굼벵이와 벌레들에게 그냥 내주었다

한창 푸르렀던 시절엔 푸른 평상을 펼쳐놓고
하늘 같은 품과 합죽선 바람으로 뙤약볕을 막아주었다
마을의 대소사가 있는 날은 마을회관이 되어주었다
그런데 지금, 또 다른 길을 넓게 내야한다고
이주 팻말을 목에 걸고 있다

자식들 서둘러 살길 찾아서 하나둘 떠나가고
칠순 노인들만 달빛에 서로 등 기대고 모여산다
견우직녀와 복 추렴의 날도 사라진 지 오래
느티나무 건너편 소망이발소마저 문을 닫아버렸다
내일이면 몰려들 불도저와 덤프트럭들
이제 나무는 팔을 들어 후루루 몸을 가볍게 한다

삶은 늘 먼 길 떠나는 막막함일까,
바람이 황갈색 잎들을 한쪽으로 몰고 있다
아침이면 뽑혀서 어디론가 실려 갈 나무
마냥 아랫도리에 힘을 주고 온몸을 흔들어본다

당산나무

보호 수목이 된 나무 한 그루
아랫도리를 마냥 내주고 있다

조금씩 바람이 들며 벌어지는
속살, 그 보이지 않는 틈을 비집고
굼벵이, 사슴벌레, 장수하늘소가
떼 거지로 몰려와 둥지를 틀었다

푸석거리며 쩍쩍, 살이 무너지고
달빛별빛들이 흐벅지게 놀다갔다

빗물에 눈보라에 담금질한 것들
썩어야 한껏 제 몸을 내주는 것이다

박달나무

저 나무는
단단한 뿌리를 가졌다

무딘 칼날로는
아무 구멍도 낼 수 없다

저 설해雪海의 나무가
제 몸을 털어내듯이

바닥이
스스로 구실을 할 때까지

저 나무는
단단한 뿌리 속
차가운 눈물을 가졌다

전나무

새벽에 내린 눈이
마른 가지에 꽃을 피웠다

저 눈꽃 뒤에 감춘
침엽의 날카로운 외침이

이 아침
말만 앞세우는 나를
근엄하게 찔러대고 있다

다물라, 그 입!

| 시인의 에스프리 |

견딤,
그리고 뜨거운 숨결

임 동 윤

견딤, 그리고 뜨거운 숨결

임 동 윤

　열두 번째 시집 『풀과 꽃과 나무와 그리고, 숨소리』를 세상에 내보낸다. 시집 열한 권을 냈는데도 나는 내 시에 대해 확신을 갖지 못한다. 어떻게 써야 좋은 시인지, 어떤 주제를 다루어야 독자들이 좋아하는지 여전히 모르고 있다. 시는 살아있는 영물(靈物)이어서 고정되어 있지 못하고 언제나 꿈틀거린다. 어떤 형체도 확연하지 않다.

　풍경의 내면화와 내면의 풍경화가 겹쳐지는 지점에 내 시의 발화점을 둔다. 그것은 미세한 감정의 슬픔이거나 희망으로 나타난다. 궁극적으로는 서로에게 건네는 따뜻한 소통이다. 낮은 목소리로 담아내는 적막한 이미지와 모든 소유를 초탈한 부재의 현실을 나는 노래하고자 한다. 장황한 진술의 시보다는 한 폭의 아름답고 선명한 수채화를 그리듯 쉬우면서도 격조 있는 작품을 쓰려고 노력했다.

시는, 눈으로 볼 수도 없고, 손으로 만질 수도 없고, 코로 냄새를 맡을 수도 없고, 귀로도 들을 수 없는 살아서 꿈틀거리는 영물이기 때문이다. 오늘도 이 기막힌 영물을 마음의 앵글에 담아보려고 현미경 눈을 크게 뜨고 돌아다닌다. 이 세상에 존재하는 것들이 모두 내 시의 씨앗들이다. 그런데 아직 나는 그 씨앗을 발아시킬 능력이 없다. 다만 그 씨앗의 발아를 위해 알맞게 물을 주고 햇볕과 체온을 준비할 뿐이다.

이번 시집은 강원도 접경지에서 만난 생명체의 기록이다. 통일전망대로 가는 길목인 명파마을에서, 인제군 북면 인북천에서, 양구군 해안면 을지전망대와 제4땅굴에서, 방산면 두타연 계곡에서, 화천군 간동면 산소 길에서 만난 것들의 잔잔한 숨결들이다. 둘러보면 산기슭과 벌판은 진입이 가로막힌 온통 지뢰밭 혹은, 지뢰지대. 출입금지의 붉은 글씨로 내걸린 팻말 앞에서 섬찟 멈추어설 수밖에 없다. 지뢰가 묻힌 지역이어서 함부로 들어가서는 생명이 위험하다는 것. 그 접경지의 적막한 풍광

속에서 폭풍우와 눈보라를 견디며 오늘을 살아내는 생명체들을 나름대로 읽어내고 싶었다.

접경지에서 만난 좀처럼 볼 수 없는 풀꽃들과 두타연과 인북천에서 만난 어름치, 황쏘가리, 꼬치동자개, 미호종개, 꺽저기, 돌상어, 가시고기, 열목어…. 모두 천연기념물로 지정되었거나 멸종위기 1, 2급 물고기들이었다. 그리고 대암산 용늪에서 만난 산목련(일명 함박꽃)과 산철쭉, 개구리와 가재, 도꼬마리와 익모초와 비로과남풀….

이들은 저마다 키를 낮추고 정갈하게 살아가고 있었다. 가뭄과 비바람, 눈보라를 가슴으로 받아들이며 다소곳이 견디고 있었다. 우리 주변에서 흔히 볼 수 있는 풀이요, 꽃이며 나무였지만 접경지에서 만난 그들에게선 왠지 쓸쓸함이 묻어있었다. 그 그늘이 나를 더욱 적막하게 만들고 있었다. 만약 함부로 드나들 수 있는 곳에 저들이 자리하고 있다면 진정한 의미에서 순결하고 아름답다고 할 수 있을까.

비무장지대의 장벽이 소리 없이 무너질 그때를 위하여 접경지에 사는 생명체들은 척박한 환경에 잘 견디는 DNA를 가진 듯했다. 끊임없이 다가오는 억압 속에서 맞닥뜨릴 수밖에 없는 허무와 욕망을 나름대로 읽어내고 싶었다.

1.

접경지에 사는 것들의 적막함과 허무의 이면에 도사린 욕망을 포착하는 일은 쉽지 않았다. 그들의 내면과 외면이 겹쳐지는 지점을 잘 포착해야만 했다. 아무도 눈여겨보지 않는 곳에서 살아가는 것들의 미세한 떨림은 자칫 표정이 없었다. 그러나 조금만 눈여겨보면 그들에게서도 억압을 견디는 '단호한 비명'과 미래에 대한 '불안한 눈빛'이 나타나는 듯했다.

고산지대에서 연둣빛 새순을 내미는 접경지의 이름 모를 풀꽃들은 아름답다 못해 순결했다. 눈에 보이지 않을 정도로 몸집이 작아서 정갈하다 못해 순결하기까지 했다. 참담한 눈보라의 시련을 견뎌내고 마침내 스스로 눈을 뜨고, 줄기의 힘을 키우고, 스스로 일어서고, 스스로 꽃을 피우고, 스스로 열매를 맺다가 마침내 소멸하는 자연의 순환 고리를 새삼 감지할 수 있었다. 이렇듯 접경지에서 살아가는 모든 생명체는 누구의 도움도 없이 스스로 세상을 만들고 제 크기와 무늬로 살아간다. 이러한 작업은 그들만이 가지는 DNA이자 뿌리칠 수 없는 욕망의 주체이다.

흔들리면서 꿋꿋이 견디는 풀꽃과 나무들의 삶 앞에서 나는 새삼 억압과 시련을 생각해 보았다. 만약 억압과 견딤이 없는 삶이라면 얼마나 무미건조할까. 억압과 시련은 견딤이라는 지혜를 가져다준다. 모든 것이 가라앉고 잠드는 혹한의 겨울이

없다면 봄이라는 계절은 따뜻하지도 아름답지도 않으리라. 살
아낸다는 것은 결국 억압과 견딤의 아름다운 조화다.

　　접경지 너럭바위를
　　작은 발들이 옹크리고 있다

　　그러다가,
　　조막손으로 기어가고 있다

　　태양이 빛을 뿜을수록
　　제 몸 허옇게 태우고 또 태우는
　　눈곱보다 작게 피워 올리는 세상

　　작은 발들이
　　따뜻게 엮어가는 작디작은 세상
　　이 땅 또렷이 불 커고 간다

　　　　　　　—「돌나물 –접경지 · 14」 전문

　위의 시 「돌나물」은 고성군 바닷가에서 만났다. 간성읍에서
대진항으로 가는 바닷가 길목엔 아직도 철조망이 둘러쳐져 있

다. 그 철조망이 바다를 조각내는 삭막한 풍경 한가운데서 연
둣빛의 돌나물 조막손들이 이른 봄 햇살을 눈 시리게 견디며
너럭바위를 꼬물꼬물 기어가고 있었다. 아무도 보아줄 사람이
없는데 '눈곱보다 작게 피워 올리는 세상'을 열어가고 있었다.
이 또한 혹한과 폭설과 귀를 얼얼하게 만든 바람을 견딘 것들
이 누리는 복록(福祿)이 아닐까.

보잘것없고 관심을 가질 수 없는 저 작은 생명체도 견디는
법을 터득하고 있는 셈이었다. 작고 여린, 아무도 없는 변두리
에서 저마다의 세상을 열고 있는 것들이 존재하고 있어 이 우
주가 따뜻해지는 것은 아닐까.

두타연 계곡*입니다
자갈 구르는 소리 유난히 투명합니다

누가 이 험난한 계곡으로
그를 오르게 한 걸까요?

오직, 물길 따라 올라가는 길
계곡은 온통 연둣빛 곱게 물들고 있네요

등 밝힌 물길 온통 환한데
유속이 느린 여울 바닥을 후벼 파고

지친 몸 눕히는 일이 가장 성스러운 것을
지느러미 다 찢긴 물든 후에야 알았습니다

가파른 숨결이 계곡을 덮히고
그 숨결을 계곡이 받아내고 있었습니다

* 두타연 계곡 : 민간인 출입통제선 북방인 방산면 건솔리 수입천의 지류. 유수량은 많지
않으나, 주위의 산세가 수려한 경관을 이루며, 오염되지 않아 천연기념물인 열목어의
국내 최대 서식지로 알려져 있다.

― 「열목어 ―접경지 · 4」 전문

　또 다른 억압을 견디는 모습을 강원도 접경지인 칠절봉 계곡
에서도 만난다. 1급수를 찾아서 상류로 올라가는 열목어의 행
위는 욕망의 주체다. 점점 혼탁해지는 하류의 물속에서는 도
무지 견딜 수 없어 스스로 살길을 찾아 물 맑은 상류를 거슬러
올라가는 열목어의 몸짓은 눈물겨운 생존이다. 하지만 그 생존
을 있게 한 그것은 본래부터 지닌 열목어의 DNA, 이른바 제 살
길을 찾아 물 맑은 곳을 찾아가는 것은 열목어의 욕망이자 등
가물이다.

이곳의 풀들은 자유를 만끽한다
누구의 간섭도 없이 풀은 풀끼리

서로의 가슴을, 서로의 길을 내어준다

초지에는 앉은뱅이, 들마, 패랭이, 앵초,
쇠비름, 처녀치마, 홀아비꽃대…
하늘을 끌어다 덮고 잠드는 저것들
며느리배꼽, 비짜루국화, 새삼, 여우주머니…

서로의 길이 가려질까 봐
기웃기웃 바람에도 선뜻 몸을 열어준다
아득히 먼 풀밭 다시 아득하게 길을 열어주는

저것들,
한 치 어긋남도 없는
스스럼없는 저들의 길

―「서시 ―접경지 · 1」 전문

대암산 용늪에서 보았다
아무도 발 닿을 수 없는 자리에서
바람이 키우는 적자색 꽃

꽃부리 조그마한 통을 열며
이슬 머금고

하늘 우러러 피어나는 꽃은
마치 바람이 키우듯 한들거린다

이제 대암산 바람은 자줏빛이다
그래서 자줏빛 향기는
바람의 향기인 것을
이곳 대암산 용늪에서 처음 알았다

— 「비로과남풀 −접경지 · 15」 전문

접경지에서 만난 풀과 꽃들은 하나같이 작고 아름다워 보였다. 그중에서도 남한 유일의 고층 습지인 해발 1200여 미터 용늪에서 만난 비로과남풀은 너무 작아서 아름다웠다. '아무도 발 닿을 수 없는 자리에서/ 바람이 키우는 적자색 꽃'은 유난히도 외로워 보였고, '꽃부리 조그마한 통을 열며/ 이슬 머금고/ 하늘 우러러 피어나는 꽃(「비로과남풀」)'은 마치 바람이 키우듯 바람 속에서 한들거렸다. 누구나 출입할 수 없는 곳에서, 그것도 대암산 용늪에서만 볼 수 있다는 풀꽃들. 왕복 1시간을 비포장길로 올라가고 내려와야 한다는 대암산 용늪. 산기슭 풀숲 후미진 곳마다 민간인 출입을 금지하는 〈지뢰지대〉 붉은 팻말이 한국전쟁의 참혹한 현실을 새삼 일깨워 준다. 아름

답게 피어났으나 아무도 와서 이름을 불러줄 수 없는 접경지역
의 풀꽃과 함박나무와 동물들…. 서로 상생하면서 살아간다는
말이 이곳 접경지역에서 비로소 가슴에 와 닿았다.

남방한계선의 너에게 묻는다
너에게도 남과 북이 따로 있는가

새에게도, 구름에게도 없는
물고기에게도, 저 강물에게도 없는

그런데 이 접경지역에 핀
너에겐 남과 북이 따로 없을 것 같아서
묻고 또 묻는다

노루 사슴이 저리 뛰놀고
멧돼지와 곰에게도 남북은 따로 없는데
겉 다르고 속 다른 수박 같은
까면 깔수록 속을 드러내지 않는
그런 양파 같은 이념은 어디 있는가

나는 묻고 또 묻는다

태어나면서 종신형을 사는

너의 영토, 해마다 봄이면 북으로
북으로 씨앗들을 날려 보내는

남방한계선의
민들레야, 토종 민들레야

— 「민들레 –접경지 · 6」 전문

위의 시 「민들레」를 통해서 나는 자유롭게 왕래하는 우리의
미래를 꿈꾸어본다. 뿌리는 어쩔 수 없이 남쪽에 묻고 씨앗만
북으로 날려 보내는 민들레의 오늘이 바로 우리들의 모습으로
다가와 한참을 머물고 만다. 그렇다. 지금 우리는 자유를 한껏
누리고 산다. 자유라는 이름으로 포장된 방종에 가끔 접하는
지도 모른다.

21세기에 들어오면서 모든 것이 물질화되어 인간적인 면모는
점점 사라지고 있다. 그러다 보니 사회는 점점 메말라가고 핵
가족으로 변모하면서 집단에 대한 윤리의식도 많이 변화했다.
나보다는 남을 위한 공개념은 점점 쇠퇴해져 가고 개인 이기주
의가 팽배해져 간다.

그러다 보니 공익보다는 개인의 자유와 권리를 앞세우는 사
회로 변화되어 간다. 개인 생활이 중요하고 거기에 집착하다
보니 억압에 대해 견디기 힘들어하고 거기에 자신을 끌어들이

려 하지 않는다. 자신이 원하지 않는 생각이나 욕구, 감정 등을
애써 외면한다. 이러한 사회에 대한 무관심이 어떤 형태의 자유
로 변모할지는 가름하기 어렵다.

2.

　마을의 수호신인 당산나무와 오래된 팽나무는 말이 없다. 마
치 우리의 아버지처럼 꿋꿋이 오늘을 버티어낸다. 그러면서도
작고 연약한 생명체에게 자신의 아랫도리를 아낌없이 내준다.
가뭄과 비바람과 눈보라에도 언제나 그 자리에서 불평의 말
한마디 없이 꿋꿋이 스스로 삶을 이어간다. 아래 시는 팽나무
와 당산나무의 거룩한 삶을 조명해본 작품이다.

연둣빛 잎과 튼실한 열매를 매달려고
너무 오래 바깥에 서 있었던 아랫도리
천둥과 마른번개의 시간을 견디려고
너무 오래 변두리에 서 있었던 아랫도리

당신 아랫도리가 썩고 있다고
보다 못해 굼벵이가 오늘 넌지시 일러준다
오래 녹스는 가마솥처럼

팽나무 아랫도리는 금이 가고 있었다
(중략)

평생 거름 내던 아버지도 그러하셨다
북망산 진달래공원에 바람으로 집을 지으신 지
13년이 지났어도 밤마다 별이 되어
현관문을 여시고 너 뭐 하냐, 하신다

아랫도리 퍼렇게 내놓고 너 뭐 하냐, 하신다

—「팽나무」 부분

조금씩 바람이 들며 벌어지는
속살, 그 보이지 않는 틈을 비집고
굼벵이, 사슴벌레, 장수하늘소가
떼 거지로 몰려와 둥지를 틀었다
(중략)

빗물에 눈보라에 담금질한 것들
썩어야 한껏 몸을 내주는 것이다

—「당산나무」 부분

그렇다. 나는 어린 시절 어른들로부터 베푸는 삶을 살아야한다고 들었다. 팽나무와 당산나무처럼 귀를 닫고 입도 무거워야 한다는 말을 자주 들었다. 입이 무거워야 남에게 상처를 주지 않고, 행동거지도 점점 무거워지고, 그래야 매사에 신중하여실패가 적다는 거다.

아래 작품을 더 살펴보자.

나무들이 지상으로

자신의 맨발을 다투어 내밀고 있다

(중략)

그 환한 빛이 발등까지 내려와

물 그늘을 만든다, 울퉁불퉁한 맨발이

마침내 연분홍으로 물든다

남몰래 가려진 상처는 아랫도리에 움푹, 고여 있다

(중략)

머리 위로 보름달이 저녁을 물고 오고

밤이 되자 다시 연분홍 바람은

발등마다 별빛을 쏴 쏴아 쏟아붓는다

—「왕벚나무」 부분

왕벚나무는 지상으로 뿌리를 내놓고 산다. '남몰래 가려진 상처는 아랫도리에 움푹, 고여 있'어서 오랜 세월을 느끼게 한다. 왕벚나무처럼 나는 되도록 남에게 상처를 주지 않고 살아보려고 무진무진 애를 썼다. 그러자면 나를 죽이고 행동거지도 신중해야 한다. 말하고 싶어도 참아야 하고 귀를 닫고 살아야 한다. 그런데 칼과 칼자루처럼, 동전의 앞뒷면처럼 바라보아야 한다는 것을 나는 너무 늦게 깨달은 셈이다.

초겨울인데 나무는 빨간 불을 켜고 있다
나무가 켜 든 등불은 늘 미련하기 짝이 없다
살과 피를 빨아 먹히고서도 모자라
더 많은 것을 주려고 이 겨울 동안
빌붙는 자식들을 빨갛게 껴안고 있다
(중략)
두꺼운 옷 한 벌 없이
신열의 두 팔로 꽉 껴안은 저 어미나무
철없는 자식들 껴안으려다
마침내 얼고 눈보라에 허리가 꺾여있다
(중략)
그런 나무들이 이 아파트엔 여러 가구다
이 밤, 홀로 이마에 빨간 불을 켜고 있다

ㅡ「산수유」부분

요즘 자식들은 부모와 함께 산다. 아니 빌붙어 살고 있다. 성년이 되어 독립된 객체로 살아야 하는데도 부모 밑에서 근심걱정 없이 산다. 어느 겨울 눈 내린 날 아파트화단의 산수유나무를 보았다. 잎이 떨어진 가지마다 빨간 열매들이 올망졸망 달려있다. 지난겨울 잎을 덜굴 때, 열매도 함께 떨어졌으려니 했는데 그것은 나의 착각이었다. 혹한의 찬바람 속에서도 빨간 열매들은 가지를 움켜잡고 떨어지지 않았다.

그러면서 나는 문득 요즘 취업이 되지 않아 부모 밑에서 살 수밖에 없는 젊은이들을 떠올렸다. 주체할 수 없는 욕망을 주체할 수 없어, 스스로 무너지지 않게 부모 밑에서 어쩔 수 없이 빌붙어 사는 청년등의 아픔이 고스란히 내게로 전달돼왔다.

바라보라, 그와는 반대로 지나치게 너무 많이 먹어 배탈이 난 사람들을 방송 뉴스에서 종종 만난다. 그럴 때마다 무거움이 결코 좋은 것이 아니라는 생각을 한다. 일반적으로 허용되는 것을 알맞게 먹었다면 아무 탈이 없었을 텐데… 하는 안타까움을 지울 수가 없다. 욕망이라는 큰 알을 낳기 위해서 사람들은 누구나 어두운 터널도 마다하지 않는 것일까.

팔랑팔랑 흔들리는 것을 본다
저렇게 흔들리지 말아야 한다

파도가 출렁이는 것을 본다
저렇게 출렁이지 말아야 한다

그런데, 나는 또 흔들리고 말았다

흔들리지 않으려고 해도
출렁거리지 않으려고 해도

사방에서 바람은 불어오고
다만 흔들리지 말자, 되뇔 뿐이다

—「미루나무」전문

 어쩌면 세상은 모두 가벼워지기 위해 사는 듯하다. 무겁고 실속 없는 것들이 중심에서 밀려나는 게 다반사다. 제 몸보다 몇 배나 무거운 것을 먹고도 세상 띵띵거리며 가볍게 팔랑팔랑 미루나무처럼 사는 것을 본다. 그 가벼움이 지나쳐 세상에 까발려져도 오리발 몇 개는 미리 준비해둔 듯이 태연하게 잘 산다.
 도덕과 윤리가 저 먼바다에 소리 없이 함몰한 세상에서 욕망을 꿈꾸되 욕심을 내지 않는 것, 가벼운 몸무게로 사는 일이 어디 쉬운가. 도대체 정의는 어디쯤 있는 건가. 하늘 유유히 떠도는 새들의 자유로움이, 마냥 가벼운 것이, 눈물겹게 그리운 저녁이다.

3.

    요즘 부쩍 배경, 혹은 배후에 대하여 생각하게 된다. 배경은 그 사람의 뿌리를 말하기도 하는데, 뿌리가 든든한 것은 가뭄에도 마르지 않고 바람에 잘 견딘다고 『용비어천가』에 나와 있다. 그래서 배경은 그 사람의 전부요, 힘이라고도 한다.

    그런데 그 배경은 자칫하면 일을 그르친다. 배경 혹은 배후만 믿고 설친 자들의 마지막 모습은 아름답지 못했다. 그런 배경에서 벗어나기 위하여 변두리에 사는 것들은 스스로 힘을 키운다.

    그래서 변두리에 사는 것들은 그리움을 먹고 산다. 아래 시 두 편은 그런 시편들이다.

    누가 아느냐,
    서러워 홀로 우는 목숨
    불타는 가을 숲속은
    목 놓아 울기에 참 좋아라
    (중략)

살아서 못다 한 한을
그중에서도 가장 모질디모진 놈으로
가슴 한끝에 심고
서러워 홀로 우는 목숨인 것을

— 「두견이」 부분

뒷산 가문비나무 숲에서 부엉이가 울었다
지붕 끝에 저녁이 내리고
내 작은 창으로 달빛이 밤이슬로 축축이 젖을 때까지
부엉 부우엉 부엉이가 울었다
(중략)

빌딩 숲 어느 모퉁이 숨어 있다가
귀가의 허기져 돌아오는 밤이면
어씨나 내 가슴에
여름 소나기로 쏟아붓는 것인지……

— 「부엉이」 부분

　삭막한 도시에서는 두견이의 구성진 가락과 부엉이의 서글픈 울음소리도 들을 수 없다. 그나마 서울을 떠나 춘천에 정착

하고부터는 이른 아침이면 아파트단지마다 요란하게 재잘거리는 새소리를 듣는다. 그러다가 또 어떤 날 아침엔 까마귀 떼의 요란한 울음소리에 잠이 깨기도 한다. 흉한 새에서 유익한 새로 인식이 바뀐 까마귀. 이 까마귀가 서식하는 지역은 청정지역이라는 인식 때문에 요란한 까마귀 울음소리도 은근히 반갑다.

다람쥐 쳇바퀴 돌듯하는 도시 생활에서 나는 요즘 부쩍 유년시절 시골에서 듣던 두견이 울음을 환청으로 듣는다. 또 어떤 불면의 밤에는 멀고 가까운 산에서 구성지게 울던 부엉이 소리를 여름 소나기처럼 온몸으로 맞는다. 그런데 모두가 환청이고 상상이다. 그립다. 그 막연하지만 넉넉한 시간 속으로 오래 걸어가고 싶다.

숨을 곳 없는 대낮이다/ 연이틀 눈보라는 정강이를 덮고/ 이제 굶주림보다 그리운 것은 없다// 발이 벼랑에 걸리면서도/ 가슴이 그루터기에 찔리면서도/ 나는 등성이와 계곡을/ 가로질러 마을로 내려간다/가까스로 불빛 찾아 흘러간다// 탕 타앙, 총소리에 납작해지지만/ 오직 일용할 양식은 눈에 가깝다/ 오늘은 산목숨이지만 내일은 기약은 없다/ 내가 찾는 곳간은 벌써 눈보라에 저물었다

—「고라니」 부분

물풀 하늘거리는 옛집에 가 닿는다/ 자갈 구르는 소리도 하나
낯설지 않다// 강으로 돌아오는 열망이/ 저 난바다를 건너게 한
걸까,// 물길 따라 거슬러 올라가는 길/ 강은 온통 단풍 곱게 물
들고 있다/ 붉은 등 밝힌 길은 온통 환한데// 자갈밭 후벼 파고/
지친 몸 눕히는 일이/ 가장 성스러운 일임을 나는 알겠다/ 살과
지느러미 떨어뜨린 후에야/ 나는 알겠다// 가파른 숨결이 강바닥
을 덮히고/ 강물이 온통 내 숨결을 받아내고 있다

―「연어」 부분

캄캄한 땅이 사내의 집이다/ 사철 지하에서의 삶을 영위하는
사내/ 지팡이 하나에 의지해/ 오늘은 플라스틱 바구니를 들고/
고래 뱃속 같은 지하철 사이를 오가고 있다/ 새까만 안경으로 퇴
화된 눈을 감추고/ 소형 트랜지스터라디오를 목에 걸고/ 흘러나
오는 불안정한 음색처럼 뒤뚱거린다

―「두더지」 부분

불면의 나는 한 마리 낙타다/ 거친 밤의 모래언덕을 터덜터덜
가야만 한다/ 내 안에 두려움을 혹처럼 키운 나는/ 눈을 크게 뜨
고 모가지를 길게 빼 들고/ 지금, 컴퓨터 앞에 앉아 있다/ 캄캄한
모니터 화면의 커서가 연신 깜빡거린다/ 빨리 써, 빨리 써, 빨리!/

길고 하얀 채찍을 사정없이 휘두른다

— 「낙타」 부분

　복잡한 오늘을 살아내는 일은 몸과 마음의 고달픔을 동반한
다. 위의 시 네 편은 저마다의 다른 삶이지만 그 내용은 고달픈
존재라는데 공통점이 있다. 「고라니」는 먹이를 찾아 도시로 내
려와야 하는, '오늘은 산목숨이지만 내일은 기약은 없' 는 고라
니의 운명이 세찬 바람 앞에 꺼져가는 등불임을 암시한다. 「연
어」는 산란을 위해 망망대해를 건너와 비로소 모천에 몸을 눕
히는 '자갈밭 후벼 파고/ 지친 몸 눕히는 일이/ 가장 성스러
운 일' 임을 자각하는 삶이 떨어지는 가을 단풍 잎새처럼 곱다.
「두더지」는 춥고 어두운 곳에서 살아가는 사람들을 모티브로
한다. 사업실패로, 직장에서 쫓겨나 머무를 곳 없는 유민의 삶
이 고스란히 오버랩이 된다. 「낙타」는 사막을 건너는 낙타의
행위를 통해 시 쓰기의 어려움을 토로한다. 숨을 곳 없이 모래
바람만 몰아치는 황량한 사막처럼 시 쓰기는 낙타가 사막을
횡단하는 고단한 노동만큼이나 지난하다.

　그러나 이들이 존재하는 것들은 저마다 의미가 있다. 위 시
편들은 존재의 가치와 구실에 대해서 살펴본 작품들이다. 밤하
늘의 별처럼 존재하는 것들은 아름다운 법이다. 그 아름다움은

누구에게나 있고, 스스로 더욱 빛나는 법이다.

　그러나 우주에 존재하려면 억압과 기다림의 미학을 배워야 한다. 멀리 있다는 것, 아득하다는 것, 손에 잡을 수 없이 귀하다는 것, 그런 목숨이 시를 쓰게 만든다.

　살아 움직이는 것들의 존재가치를 짚어본 아래 시편들을 짚어보자.

썩어야 맛을 내는 작디작은 고기
속이 작아 창자 하나 버릴 것 없는,
통째로 삭힌 젓갈로 점심을 들다가
나는 생각하고, 또 생각했다

우리 가슴은 바다만 할까, 우주만 할까?

어쩌면 저 고기보다
속이 더 좁을지 몰라
그날 나는,
차마 젓갈에 손이 가지 못했다

　　　　　　　　　─「밴댕이」 전문

물소리를 거느리고 건너가는 벼랑길
불안이 불안을 불러내는
절벽 끝은 발 헛디디면 천 길 낭떠러지
흔들리는 허공이 외줄을 타면
차라리 눈 감고 걸어야 편하다

한 폭의 수채화를 펼쳐놓는 물안개
어디쯤 와 있나, 말방울 소리가 벼랑을 달구고
절벽에 붙은 풀들이 바람 소리로 운다

삶과 죽음이 동행하는 바방*의 길
그 경계는 이미 지워진 지 오래다

문득, 눈 붉히고 사는 일이 부끄러워졌다
한 삶이 허공을 잡고 건너가는,
모두 서둘러 무게를 버리고 있다

* 마방 : 옛날 말이나 야크에다 짐을 싣고 운반하는 일을 업으로 하던 사람.

— 「야크」 전문

꽁지 짧은 새 한 마리
황망히 굴뚝 언저리로 숨는다
구들을 데운 숨결이 아직은 따뜻하다

침엽의 가지를 무너뜨리며 폭설은 쏟아진다

모든 것의 허리가 꺾으며

세상은 눈보라를 몰고 왔고

나는 흔들렸고

처마 밑을 파고드는 새가 되었다

아무것도 이룬 것 없이

구름의 문양은 수도 없이 바뀌어갔다

눈보라의 밤이 지나면

아침은 먼 곳의 창을 두드리리라

저 침엽의 잔가지에 얹힌 눈발도

흰 이를 드러나고 조금은 반짝일 것이다

그 아침을 기억하며 이 밤을 보낸다

—「굴뚝새」 전문

　　위의 시 세 편은 저마다의 목적을 위한 각기 다른 도구로 사용된다. 작지만 어느 것 한 버릴 것이 죽어서도 우리의 젓갈이 되는 「밴댕이」와 야크와 함께 '물소리를 거느리고 건너가는 벼랑길'을 가는 고단한 마방을 통해 우리의 삶을 환기한다. 이렇듯 목적은 우리의 욕망을 부추긴다. 욕망을 버리는 일은 죽어서야 가능한 걸까. 예수가 되고 석가모니가 된다면 가능한 걸까. 한 사나흘 폭설이 내리는 어느 섬에 혼자 유배되면 그제야

욕심을 버리게 될까.

생각이 생각을 낳는 요즘이다. 욕심을 버리고 자연에 순응하며 사는 법을 두견이, 고라니, 밴댕이. 부엉이, 오목눈이, 병아리, 꺽지, 야크, 굴뚝새에게서 배운다. 자연을 즐겁게 받아들이며 저들처럼 가볍게 살고 싶다. 지나친 욕심에서 온전히 해방될 때, 가벼워지는 일이 될 것이다. 그런데 가벼워질 수 없는 욕심이 다시 나를 이 밤, 시의 나라로 끌고 간다.

4.

내 주변은 늘 시끄러웠다. 공동주택인 아파트에서나 생존경쟁이 치열한 사회에서 남을 위한 배려를 찾는다는 것은 어불성설이다. 남을 배려하다 보면 재빠른 사람보다 손해보기마련이고 뒤처지기 마련이다. 그래서 남이야 어떻게 되든 나만 잘 살면 된다는 생각이 추월하는 게 된다. 그래서 씁쓸하다 못해 참담하다.

그리하여, 세상은 스스로 살아내는 법을 터득하게 만든다. 세 치의 짧은 혀로 마음에도 없는 말을 내뱉고, 나는 그 내뱉은 나의 말 때문에 밤새 끙끙 앓는다. 혀처럼 간사한 것이 없다. 사랑하지 않으면서도 사랑한다고 말하는 혀. 믿지 못하면서도 믿는다고 말하는 이 간사한 혀. 참으로 말은 녹음하지 않는 한, 흐르는 강물처럼 흔적이 남지 않아서 좋다.

그런데 이 혀가 처세술의 왕이다. 오늘을 살아내는 방법을 터득한 자여, 혀 앞에서 넙죽 엎드려 절하라. 당신이 있는 한 우리 사이가 늘 웃음으로 유지되고 이 사회가 푸르고 건강한 모습으로 순화된다고, 허허 나는 웃는다. 공허한 웃음을 질질 흘린다.

이제 아래 시를 읽으면서 허무맹랑한 나의 에스프리를 끝내고자 한다. 시여, 나의 시여, 부디 눈을 떠다오.

새벽에 내린 눈이
마른 가지에 꽃을 피웠다

저 눈꽃 뒤에 감춘
침엽의 날카로운 외침이

이 아침
말만 앞세우는 나를
근엄하게 찔러대고 있다

다물라, 그 입!

― 「전나무」 전문

| 임동윤 |

경북 울진에서 태어나 강원 춘천에서 성장했으며, 1968년 강원일보 신춘문예에 시로 등단한 후, 1992년 문화일보와 경인일보에 시조로, 1996년 한국일보에 시로 당선하였다. 시집으로 〈연어의 말〉〈나무 아래서〉〈함박나무 가지에 걸린 봄날〉〈아가리〉〈따뜻한 바깥〉〈편자의 시간〉〈사람이 그리운 날〉〈고요한 나무 밑〉〈숨은 바다 찾기〉〈저 바다가 속을 내어줄 때〉 등이 있다. 한국문화예술위원회, 경기문화재단, 강원문화재단, 춘천시문화재단 등 전문예술창작지원금 8회 지원받았다. 수주문학상, 김만중문학상 등을 수상했으며 한국작가회의 회원이자 표현시 동인으로 활동하고 있다.

소금북 시인선 · 3

풀과 꽃과 나무와 그리고, 숨소리

ⓒ임동윤, 2019. printed in Seoul, Korea

초판 1쇄 인쇄 2019년 07월 25일
초판 1쇄 발행 2019년 07월 30일

지은이 | 임동윤
펴낸이 | 박옥실
디자인 | 유재미 정지은

펴낸 곳 | 도서출판 소금북
등록 | 2015년 03월 23일 제447호
발행 | 춘천시 행촌로11, 109-503 (우24454)
전자주소 | sogeumbook@hanmail.net
구입문의 | ☎ (070)7535-5084, 010-9263-5084

ISBN 979-11-955450-9-4   03810

값 10,000원

* 이 책의 내용의 전부 또는 일부를 재사용하려면 반드시
  저작권자와 소금북 양측의 동의를 받아야 합니다.
* 지은이와의 협의로 인지는 생략하며, 잘못된 책은 교환해 드립니다.
* 이 책의 국립중앙도서관 출판도서목록(CIP)은 서지정보유통지원시스템
  홈페이지(http://seoji.nl.go.kr)와 국가자료공동목록시스템에서 이용하실
  수 있습니다. (CIP제어번호 : CIP2019023707)

강원문화재단
Gangwon Art & Culture Foundation
* 이 시집은 2019년 강원도 강원문화재단 전문예술창작지원금으로 발간하였습니다.